横たはれる者

壱舎李児
Lier Ichiya

文芸社

目　次

横たはれる者

キング・オブ・ウォール

連日のように歌は流れ　追悼《ついとう》番組は目白押しだ
仏に成れたかどうかも怪しい時期の　あるたった一晩のうちに
まるで　悲涙混じりの切なるアンコールに応《こた》えるかのように
在《あ》りし日の姿を　写真よりもリアルに現した
縁もゆかりもない町の石塀に

いい年をした者たちにはそろそろ勘弁してほしかった
悪戯《いたずら》書きを消す作業には思いの外《ほか》　体力を使う
ご主人だってもう若くはない
民家の塀を舞台に繰り広げられる鼬《いたち》ごっこから
いい加減　救われることを　隣近所も切に願っていた

夜が明けるに従い　家の周りに群がる人集《ひとだか》り
目覚めてみれば　涙の雨と花束の山
スプレーは月影に歩いてやって来たのだろうか

堪《たま》らずに　群衆へ分け入って　モップで塗料を拭う
「あたしたちのミカエルを二度も殺さないでェェーー‼」
喚声が聞こえるより早く　拭きかけの囲いは
袋叩きに遭った家主の　血の色に染まる

死神は十七歳

寝たきりの右足にネイルアートを施し吾《われ》を喚《よ》んだのは
他ならぬお前さんであろう？
内側から順に　‘D’　‘E’　‘A’　‘D’　‘☠’
どうせなら吾《わ》が顔は親指へ持って来てほしかったがな
職種に似合わず意外と目立ちたがりの性分でね

ともかく介護実習はお疲れだった
月夜のうちに　良い子の夢が醒《さ》めぬうちに
お望みどおりに連れて行ってやったぞ

ん？　何だ、その浮かぬ面《つら》は？
は？　そんなつもりじゃなかった？
お婆《ばあ》ちゃんの魂を元へ還《かえ》してあげてと？
ウォッホホホホホ、笑わせなさんな！　全く、何を今更…?!
世界の網へ画像を発信などという真似までしておきながら…

よしよし、お前さんはまだ若い
将来を憂《うれ》え泣きべそをかく暇があるなら　吾が弟子《でし》になり給《たま》え
仕事に溢《あぶ》れる心配はまずないぞ

SuGOi

耳障《みみざわ》りでござるか？　TV《テレビ》を点《つ》ければ
何かを目の当たりにした女性芸能人が決まって放つ一言
来日してしばらく経った其方《そなた》は　それを耳にするたび
もっと気の利いた言い回しが別にあるでしょうに、と苛立《いらだ》つ…
うむ、わからなくもないな

他の留学生仲間にも訊いてみたのだな？
ほぉ、多くが同様の感想を持っていたとは…
日本人の女の子というのは　自らの知性の乏《とぼ》しさを
そうやってひけらかすことに悦《よろこ》びを覚えてしまっている、
そんな意見も出たと申すか…　ほぉう…

拙者《せっしゃ》はな、彼女らがむしろ羨《うらや》ましいぞよ
ものを見て素直に　そう感じられること　そう口に出せること
それ自体が「スゴイ」ことではござらぬか？
だが　せっかく湧《わ》きかけた感動を
「でも、どうせ…」とか「…だから？」如《ごと》きの台詞《せりふ》で
制御するようでは如何《いかが》かな？

今朝は厭《いや》なニュースを聞いたと申すか？
地方都市の養護学校の校門に　真っ赤なスプレーで
でかでかと書きなぐった　“Zieh Leine!!”の文字

遠い異国の地で　思いがけず目にした母国語が
よりによって「失《う》セロ‼」を意味する汚い語だったなどとは
気の毒如何許《ばか》りかのぅ…？

それにしても　犯人の正体を知らぬはずの人々が
「差別だ！」「許せない！」と憤慨するのは
何とも不思議ではござらぬか？

特定の生徒あるいは教職員へ
個人的に怨みを持つ者の犯行では…？　とか
何処《どこ》かで齧《かじ》った外国語を使って
日常の不平不満を打《ぶ》ちまけたかった在校生の仕業《しわざ》かも…、とか
その辺りを指摘する声は残念ながら　まだ聞こえて来んのぅ…

そもそも事件の舞台が「普通の」学校であったなら
皆の衆は如何様《いかよう》の反応を示したでござろうな…？

何々？　祖国の大学で日本語を専攻し
漢字検定の上位級も取得したご婦人殿が
近頃の子供の名前は判読不能でもうお手上げ、と？
うぅむ、正《まさ》しく然様《さよう》でござるな

宜《よろ》しいか、これだけは断言出来る
我が国ほど命名に寛容な国家はござらぬ

多種多様な漢字が使え　如何なる読みも許される

ところで　近世の親というのは何故《なにゆえ》愛児の名に
難読という脱がせ難い衣《きぬ》をわざわざ着せるのでござろうか？

——まさに親心でござろうな
登下校中にでも現れて　保護者の知人を騙《かた》り　猫撫《ねこな》で声で誘う
そんな不届き者にも容易《たやす》く読めるファーストネームは
如何にも流行《はや》らんのでござる

なぞなぞでござる
某国大使館にて職員が殺されました
直前に面会した数カ国の大使らが容疑者です
被害者は今わの際に　携帯電話のボタンを押し
「51122531」という番号を画面に残していました
さて、このメッセージが告げる真犯人は何処《どこ》の国の人物か？

仏国？　——ふっ、正解でござる…
何《なぬ》っ？　補足もあると申すか？
日本なら「2123532」、米国なら「531351」、
おぉおぉ、御玉杓子《おたまじゃくし》はかく語りき、とな？
お主《ぬし》、凄いではござらぬか?!　完璧でござるよ！

天使の詩

聖堂や美術館へ足を運べば
尻がこそばゆくなる位に美しく描かれた僕らに会えるでしょう
鳥類は両翼が前脚の役割を果たすのに　こいつらは
まともな四肢に恵まれておきながら
ちゃっかり羽まで生やしていやがる、
理屈屋さんはこう言って　僕らの容貌を可笑《おか》しがります

そう、理詰めの方が仰《おっしゃ》るとおり　僕らは
何百年も前　人によって創造された
如何にも「矛盾《むじゅん》多き」「不自然な」存在なのです

勘違いしないでください、僕らはあくまで
人の幸せのために生み出された存在であります
人が僕らのために在るのではありません
人はまさに　自分自身のためにその生涯を全うするよう
世へ送られるのです

僕らは常に
人が強《し》いられる以上の忍耐を課せられる必要があります
口を開けば僕らへの不平不満ばかり零《こぼ》す人たち
何彼につけて僕らのことを嗤《わら》う人たち
——結構じゃありませんか

だって　何を隠そう、
人の鬱憤《うっぷん》の捌《は》け口は　僕らの役目なのですから
人が人を啀《いが》み嘲《あざけ》る様子　そちらの光景を目にすることの方が
僕らにはずっと耐え難いのです

よって、頭を下げます、平等、そんな美言で
僕らの骨を抜かないでください

僕らの負担を軽減してあげようという　有難い人たちがいます
考えてみてください　人が人へ重荷を押し付ければ
しかもそれを　いつも特定の者が背負うことになってしまえば
そこに不公平が生じ　大いに不和の温床となり得ます
同じ労苦を僕らの側へ回したとしても　そんなの、
僕は飛べるから、の一言で　納得が行くではありませんか

本来の使命を忘れ　一切の負荷を抛《ほう》ってしまった仲間の姿は
それは無様なものです
双翼を備えた身で傍若無人《ぼうじゃくぶじん》に振舞えば
空にたちまち暗雲を呼び寄せ
その詰《つま》り　人々の営みへどんな災いがもたらされるか
賢い仲間たちは　よく知っています

なので、頼みます、解放、そんな戯言《ざれごと》で
僕らの魂を貶《おとし》めないでください

仲間内で稀《まれ》に　人へ生まれ変わりたいと望む者がいます
意に拘《かかわ》らず翼を持ってしまった責任を重たく感じていたり、
あるいは　地に足を着けた堅実な生活を望んでいたり、と
事情はいろいろありますが
意思に従い自ら翅翼《しよく》を引きちぎることを　天は禁じておらず
また　そのような思いや　結果として遂げる行為は
決して恥ずべきものでもありません

一方　人の中にも　僕らへの仲間入りを願う者がいます
だが　僕らの同胞が人となるまでのものと比べれば
羽翼を得るまで道程は遥かに険しいのです
全人類に　身命を捧《ささ》げて尽くす覚悟のなき者を
僕らは兄弟とは見なしません

だから、お願いします、愛護、そんな温言《おんげん》で
僕らの志を愚弄《ぐろう》しないでください

天上に暮らす僕らがこの場を借りて
地上に生きるあなた方へ伝えておきたいことです

A Sniveler

クラシック、ジャズ、ロック、邦楽
各々畑違いの邦人アーティストが
世界に名立たる音楽賞を同時に授与されて
受賞者の一人であるギタリストの出身高校へ取材が入る
校名は出さずとも　生徒たちの顔付きを見れば
上位の進学校であることは　一目瞭然《いちもくりょうぜん》だった

大した学校も出ておらず　これと言った取り柄《とえ》もない
凡人の俺《おら》は　この男前のミュージシャンを眺めては
二物でも三物でも与える処へは与えるものなのかと
天の計らいを妬《ねた》み　己の半生を儚《はかな》む
「なぁ、この人たちの唄う〇〇っちゅう曲、知っとっけ？」
我が家の一室で近所の小中学生にピアノを教える伯母の口から
彼らの楽曲に関する話題が出るのは　少し意外な感じがした

傍から見れば瑣末《さまつ》に思えそうな煩《わずら》いに耽《ふけ》るのを察してか
それとなく試聴を勧める彼女は　その昔
首都圏や中京辺りの名門音大と聞いて直ぐに
名前の挙がるような大学には
上野公園に立つ国営の一校を除いては　全て受かっていた

何時《いつ》ぞや中古店で購入したまま
ラックへしまいっ放しになっていたアルバムに

確かそんなナンバーが収まっていたことを思い出し　その夜
窓を開け放った自室で独り　聴いてみれば
ぎらつく陽射しの下《もと》　広大な砂漠を流離《さすら》う旅人が
頭では虚構と認めつつも　オアシスの蜃気楼《しんきろう》へ引き寄せられる、
そんな光景が　瞼《まぶた》の裏に浮かぶ

大都市の名それ自体をタイトルとするその歌は　早い話が
都《みやこ》へ出て功を立てた若者が　いわゆる糟糠《そうこう》の妻を
何時しか捨ててしまう物語だった
華やかな舞台の裏側には付き物のこの流れは案外
作詞した本人でもあるヴォーカリスト自身も
上京後に経験したかも知れないと　邪推する胸は同時に
歌詞に登場する女への敬意の念を覚えていた

当時の家計が潤ってさえいれば
止むなく地元の短大に落ち着くことも
片田舎の子供相手の教師で燻《くすぶ》っていることも
考えられなかったに違いない、
かつて真に望んだキャンパスへ入れて
青春を再び謳歌させてあげられたら…
本格的な演奏家への道を進ませてあげられたら…
——感謝などされなくても構わない

成功者の蔭には犠牲が多かれ少なかれ存在するものだから
滅多に羨むべきではないと　暗に伝えたかったであろう

同居人の意図とは裏腹に　洟垂《はなた》れ小僧の心には

前途多難の夢が一つ　芽生えた

Smoky Shadow

光る鋭い眼差しが　秘密を知ったように嘲《せせら》笑う
足音も立てずに忍び寄る影は　惑わしを生業《ワザ》に　闇に棲み着く
剣を握って苦悶する　この姿は可笑しく映るかい？
消えないshadow　消せない魔法
解いて暴く呪文すら　見つからなくて唱えようがない
隠すのは弱さなのか？　僕はどう攻めればいい？

長く尖《とが》った鉤爪《かぎづめ》が　心を抉るように襲いかかる
足跡も残さず忍び込む影は　月が睨めば　静寂《しじま》へ隠れる
盾を翳《かざ》して苦悩する　この身体は哀しく堕《お》ちたかい？
見えないshadow　見えてる魔性
真実の鏡でさえ　アナタの正体は映し出せない
覆うのは強さなのか？　僕はどう守ればいい？

マント翻《ひるがえ》し哮《たけ》り立つ　この声は虚しく響くかい？
見せないshadow　見せたい衝動
全てを悟る蜥蜴《とかげ》も　こればっかりは測る術《すべ》がない
抗いは無意味なのか？　僕はどう抓《つま》れる？

白い恋人たち

二百円と少々で人々の口を楽しませ
歯と息を清める吾輩は抹茶、因《ちな》みに飲み物ではない
居住はコスメティック専門店、とある一角の七号室
細いチューブの衣を纏《まと》い　常にキャップを被る

ラムネ、コーラ、チョコ、コーヒー、夕張メロン、さくらんぼ、
ワサビ、ハチミツ、紅茶、梅、桜、トマト、シークヮーサー、
バナナ、キウイ、マンゴー、ライチ、……
ざっと三十種には及ぶだろうな　吾輩の仲間たちは

吾々の住まいには　管理人が誰か彼か常駐する
吾輩が最も信頼を置けるのは
パートタイムで来る　白髪のご婦人である
吾ら一同が安全に快適に過ごせるのも
掃除・整理に手を抜かない彼女のお蔭なのだ

三月半ば　客層としては珍しく　制服姿の学童が訪れた
吾々を一本一本手に取りじっくり眺め
事細かな質問を次から次へと投げかける

「どんな色をしていますか？　濃いですか？　薄いですか？」
「本物から抽出されたエキスは入っていますか？」
「一日三回の使用ならおよそ何週間使えますか？」

訊くだけ訊いて熟考を重ねた末　ご母堂への贈り物に選んだのは
一号室に住む　純白のミントさんだった

本日はホワイトデー　吾輩が練歯磨などでなかったら
ぜひ飲み干していただきたいのです
若い者にもまして腰の低い貴女にね

どうかがっかりしなさるな
分け隔てない笑顔　豊富な商品知識　懇切丁寧な接客
報われずとも　どんな売上げにも勝る財産ではないですか

十五時には汁のない麺を

安藤さんと魚堀君　噂では再従姉弟《はとこ》同士
赤星荘の一室に仲良く住まう

安藤さん　お寺の娘　住処《すみか》を一棟まるごと所有する資産家
飼うシーズー　お鈴《りん》ちゃんと木魚君

魚堀君　七五三の生まれ　食品サンプルアーティスト
部屋へ一歩踏み入れば　そこはレストランの陳列棚の中

家事に専念する入《い》り婿《むこ》　口うるさい舅《しゅうと》を　殺して埋めた
早く職に就いたらどうなんだと　しょっちゅう責め立てられた

穴を掘ってふと見回すと　四つの黒い目　こちらを黙視
向こうの家屋に干してある　卵色をした幼い男女

妻と義母　親子で旅行中　自分　一人で留守番中
一晩泊めてよと　親類の男の子　家へ遊びに来る

安藤さんと魚堀君　室内で着るシャツは　色違いでペアルック
正面に入る白いシルエットは　小僧か小娘

安藤さんと魚堀君　外へ出る時は　腕時計とデイパック
お揃いで　童子と童女　それぞれの顔を模《かたど》ったもんだ

安藤さんと魚堀君　肌寒い日は　赤く装う兄妹の着包《きぐる》み
一緒に写真を撮りましょうと　町でよく声をかけられる

安藤さん　ともに写れば　金回りが円滑になるらしい
魚堀君　ともに写れば　人間関係が円満になるらしい

おやつをせがまれ　二人でスーパーへ行く
カゴへ入れてもらえるのを期待する　黄色い肌の坊ちゃん方

菓子なら戸棚にあったんだと　急に思い出したふりをして
売り場からそそくさ引き返し　何も買わずに自宅へ戻る

機嫌を取るべく　もんじゃ焼きに誘う
店員　狐色をした細くて短いスナックを　鉄板にぱらぱら撒《ま》く

お子様向けのサービスに　育ち盛りの子　はしゃぐ
いい年をした叔父《おじ》　殆《ほとん》ど喉を通らない

ソファに腰掛け　野球中継をともに観る
男児と女児　黄色の素肌に唐衣《からころも》を纏い　合間のCMに現れる

今晩のゲームは何だかつまらんなぁと　途中でTVを消す
小学生の甥《おい》　逆らえず　残念そうに　早々と床に就く

明くる日届いた回覧板　『伊勢平野を巡る旅』の案内
町内会の企画したバスツアー

例の子供たちを生産する地と知っていたのか
慄《おのの》く婿　家族の帰宅を待たずして　早々に隣家へ回す

ご当地限定のラーメンを手土産《てみやげ》に　母娘が帰ってきた午後三時
パッケージには　帽子をちょこんと被る童の笑み

甥っ子　たいそう喜ぶ
旦那　血の気が引く

安藤さんと魚堀君　鮮やかなご馳走に囲まれたお茶の間で
大好きな揚げ菓子を　今日も楽しくぽりぽり食べる

安藤さんと魚堀君　外で乾かした広いタオルに包《くる》まって
愛犬の枕に腕を貸し　今夜も平和に寝息を立てる

メリクリウス、唆《そそのか》す

男七人もいれば一人位は警察のご厄介者も出かねないと
かねてより一抹の不安は抱いていたものの
まさかそれが　よりによって君であったとは……
ああいう世界を生き抜くには
図太さをやや欠いているかとも見受けられた君を
「嫌でなければやってみないか？」と後押しした私自身も
責任を感じずにはいられないから　あえて綴《つづ》らせてもらおう

時代がちょうど　君たちを求めていたことには違いない
初期に男児の間で博した人気も然《さ》ることながら
ウェヌスだのルーナだのユピテルだの
聖なる戦士の役を振り分けられた若者たちは
欧州神話を模した二次元での活動に停《とど》まることなく見事
順風を掴まえ　時機の波に乗ることが出来た

「ソールのあの乱杭歯《らんぐいば》、どうにかなんないかな??」
「マルスってよく見れば可哀想な位にヒョロいよね…？」
「サトゥルヌス、育ち良さげで役柄とメチャ合わねぇ！」
（以上、役名にて失礼する）

何だかんだ言いながらも　当時の女生徒たちは実際
えらくのめり込んでいたものだよ

それまで「お宅」やら「腐れ」やらと呼ばれ
肩身の狭い思いをしていた少女たちは
君たちのお蔭で市民権を得たも同然だろう
やがては　そちらの方面にさして明るくない一般の女性をも
端麗な姿態で繰り出す歌舞の　虜《とりこ》にした

演劇部顧問として長く送る教員生活において　私にとり
最高の誇りであった君は　一転して最大の汚点となった

斯様《かよう》な職種の人間が犯す罪と言えば大概
違法薬物だとか公然猥褻《わいせつ》の類《たぐい》と　相場が決まっているものだ
変声期前の家出少年を相棒に君のやりのけたことは
それらにもまして下劣な業《わざ》だと　私は思っている

年齢では君の子供世代に当たる児童へそんな芸を仕込むなんて
役者、いや、大人としての良心は少しも痛まなかったのか？
泣き叫ぶ若い娘を演じる声へ覆い被さるように君は
受話器の向こうにいる善良な市民を急《せ》き立てた

全国の幼子へ正義を伝え夢を与え
市井《しせい》の女子を甘いときめきへ誘《いざな》い夢中にさせた　その美声で
実体なき鬼畜を演じ上げた君は　愛娘《まなむすめ》の身を案ずる者たちから
いったいどれだけ巻き上げたのだ？
騙された中には　顔も名も知らぬお嬢さんを
同性として助けたい一心で相当の額を振り込んだ

子も孫もないお婆さんだっていたのだぞ

中国であれば　直ちに処刑されていただろう
米国であれば　未成年者を伴ったことで虐待と見なされて
一層の重罰は免れなかっただろう

「あの顔で刑務所行くの？」
「せいぜい用心してもしきれんわな、ありゃ」
聾《ろう》学校へ通う男女がバス停にて　両手を使い談笑していた
明らかに君のことを話題に上《のぼ》せていた
手話を理解する私は　情けなくて　涙が噴いてしまいそうで
ただの一言も窘《たしな》められなかった

実写で見かけなくなってからの間　その身上《しんしょう》に
何が起こっていたのか　こちらの存ずることではないが
私がもしも閻魔《えんま》大王であったなら
もう二度と演技が出来ぬよう　君の舌の根を引っこ抜く
そして　不用意な言葉で君の進路を決定付けた己の舌も
一緒に抜いてしまいたい

ちゅうごくのむすめ

ぼんぼりあたま　うたうたう
ちいさなゆびで　ゆみをひく

なかよしこよし　へびとうま　×××××

それ、にこじゃない　おちゃのつつ
それ、つるじゃない　じじのひげ

屋根より高く

たった一人の女の子も悦ばせられず　鼓動は果ててゆくのか…
窓越しに仰ぐ雲の形が変わっても
ベッドの上　抱く思いは四六時中　滞ったまま

ヘッドホンの向こうに哮る　永遠の十五歳も　桜色の蜘蛛《くも》も
似たような年の暮れにこの世へ降り
狂おしく生き　伝説を生み　やがて
まるで示し合わせたかのように　どちらも若葉のまま散った
鯉《こい》が天《あま》つ風にたなびく季節に相応《ふさわ》しく

彼らの遺した足跡《そくせき》に匹敵する位のとは言わないまでも
偉業の何一つ成し遂げられる見込みもない
短い時間しか残っていないなら　せめて肖《あやか》りたい
勢い余った矢が一瞬で　天へ昇るような幕引きだけでも…

志学と呼ばれる齢《よわい》を目前に
理想の最期を日毎《ひごと》生々しく思い描くまでにうらぶれて
否応なしに老成してしまった少年には
度重なる投薬のせいで　毛髪がない
そのオイラを何の気兼ねもなく「小僧さ〜ん♡♡」と呼び
「いいじゃん、アタシら互いにさ、
どっか欠けてる似た者同士じゃないの♪」と馴れ馴れしく
ポンと肩を叩くナースのおっちゃんの右手には　小指がない

「指を詰めたらね、
アチラを詰めたみたいにこんなになっちゃったっ♡」
合わせた武骨な両手を頬へ当て
素早い瞬《まばた》きを繰り返しながら吐く台詞には
心の荒《すさ》みきったオイラも　流石《さすが》に苦笑を禁じ得なかった

十代の夜　仲間とともにバイクを盗み
通っていた校舎の窓硝子《ガラス》を割った
早いうちから　煙の味を覚え　アルコールにも溺れ
一時は周りも手が付けられなかった
そんなおっちゃんは　男性としては珍しく
短大卒の学歴を保有し　しまいにどういう風の吹き回しか
面倒見の良いオネエ気質を武器に　遂には小児病棟の人気者
「いくら悪い子ちゃんになっても
おクスリにだけは染まらなかったのが幸いだったのかしら？」
――なるほどね

己が道を踏み外した時の年齢に最も近かったオイラのことは
思えばきっと　殊更《ことさら》に気に掛けてくれていた
無論、変な意味ではなく　むしろそちらの心配は無用だった
「外車でも儲け話でも女でも
乗れるものにはいいだけ乗ってきたけれど
男に乗る趣味は未だにないのよね…♠」と

こっそり打ち明けてくれたから

恥も外聞もかなぐり捨てて演じ続けるのは
それまで籍を置いていた世界とは最も縁遠いキャラ
これはこれで一種の改心なのかな　オイラの勝手な勘繰りだが

「職業科の高校出身でね、昔は建築士になりたかったわ♡」
そう語るおっちゃんに　当時の思い出なんかを訊いてみる
「私物の風俗情報誌を職員室にまで持ち込む教師がいてね、
アタシら生徒と一緒になって仲良く回し読みしてたわねぇ♫」
――ふぅ、何て怪《け》しからん、羨ましい学校なんだ…？

しかしおっちゃんは　かつての夢を
完全に諦めた訳ではないらしく
仕事の合間に　面白いものを収集していた

馬鹿殿と側室が寝床でやる「あ～れ～♡」宛《さなが》らに
用の都度　くるくる回されるあいつ…

衣を根こそぎ剥《は》がされた挙句は　誰にも惜しまれず
屑籠《くずかご》へ消える運命だったそいつらを
掃除のおばちゃんを介して化粧室から回収してもらい
消毒スプレーを吹き付け　よく乾かして
「刺青《いれずみ》彫るより根気要る作業だわ…♣」なんて零しつつ
切って　貼って　塗って　乗り物、動物、楽器、有名建造物…

何でも作って　患児たちへ　許される限り与えるのが
本業とは別の　生きがいだったらしい

「どうせならたくさん集めたのを組み合わせて
船窓がスモーク貼りの家紋入り宇宙船でも造ればどうさ??」
生意気に口を挟めば　すかさず返ってくる
「そうねぇ、目指すはベレケス様のかみのけ座、
勿論、アナタへのお土産も忘れないからね☆★」

性質《タチ》の悪い冗談を飛ばし合いながら
男同士のありふれた仲を　二人は築いていった

果たして　元の持ち主は　喜べるものなのか
せっかくの善意で差し出した　大切な身体の一部が
オイラのように散々擦《す》れた人間へ渡り
その一端として機能し始めたとしても

数日間の外泊許可に甘え　久方ぶりに表の路地を歩く
曇天《どんてん》の午後に　これと言った当てもなく

路傍に読み捨てられたスポーツ新聞を　拾い上げる
セックス記事の頁《ページ》が抜けていても　大して残念に思わなかった

孤独死を遂げた人気噺家《はなしか》は　寄席《よせ》に座る客を笑わせられても

妻子を幸福に出来なかった時点で　大人失格なのだろうか
とある地方の　かつて鉄工で栄えた自治体が財政破綻したのは
過去の繁栄に胡座《あぐら》をかいていた町民の責任なのか
ストーカーと化した元恋人に刺され寝たきりになったOLは
逆ナンから始まった交際との事実がある以上　本人も悪いのか
――なぁ、神様、オイラ、何か罰《ばち》当たりなことしたか…？

曲がり角に立つ電柱の　足下を埋《うず》める花束や菓子――
仏さんは女性か　でなけりゃ未成年
何故って　酒や煙草が見当たらなかったから…
仮にオイラがそうなったら
どんなものを供えてもらいたいだろうか…

もしも先生方の腕がうまく揮《ふる》わなかったなら　親父もお袋も
賠償金とか保険金で　老後も末永く幸せに暮らせばいい
まだ義務教育も済んでいないから　きっと高く取れるぞ……

期日の窓際に　手製の真鯉が一匹　オイラの帰りを待っていた
ボール紙に固定された長いストローの束へ
モールで垂直に括《くく》り付けられた奴の身を　尾の側から覗けば
ぽっかり開いたまあるい口の向こうには
明峰の頂が　幅を利かせている

「この子ったら、アタシの背に棲み着いたっきり
一歩も外へ出てってくれないんだからぁ…♥」

いつか白衣を脱いで見せてくれたご立派な魚も
随分と可愛く三次元化されたもんだ…

――そうだ、帰ることがなかったら
山の方角へ向かい合わせた写真の正面に
こいつを年中　揚げといてくれよ
こちらへ尻を向けた格好でさ……　あはは

＊

真鯉は今も健在だ
永い眠りから醒めたオイラへのサプライズを気取ってか
緋鯉を娶《めと》っていやがった
憎たらしいから　夫婦ともども硝子棚に閉じ込めてある

風の便りに聞いたよ、お前らへ生命を吹き込んだ主は
自家製の船に乗せられ　旅立ったんだ
病院を後にしたオイラが　すっかり戻った頭髪とともに
一通りの季節を過ごしている間
髪も髭《ひげ》も抜け落ちて　あの頃のオイラと同じ頭になって
そして先日　唯一の身内である妹さんに見守られ

――おっちゃん、ずるいじゃないか
最高傑作のスペースシャトルに自分だけ搭乗して
先に行っちゃうなんてよ…

オイラ、見ての通り　鬘《かつら》なんてもう要らないし
何も買ってきてもらわなくたっていいのによ…

船出の際　見送りの衆が　出身校の校歌を流してくれたなんて
可笑しくて両目が潤んじゃうぜ、くぅぅ、笑っちゃう…
―――――泣いてんじゃねぇってばっっっ!!!

オイラもいい年になったら　一隻拵《こしら》えようか…
船体を構成する芯一つひとつが鱗《うろこ》に化けた龍神号

あぁ、めでたいな、天晴《あっぱれ》だ
碧天《へきてん》を見上げれば　鱗雲が広がってらぁ
背中に泳いでいたお前は　空へ真っ直ぐ続く滝を登って
ようやく本物の龍になれたんだ

鶴は過《あやま》ちを憶えているか

砂浜にひっくり返っとったとこば起してくれた
独り身の中年ヨサクを　長亀の子供は
お礼に深海の御殿まで乗しぇてったげたとよ
怪しからん思いば抱き待ち構えとった美しか城主は
痺《しび》れ鰻《うなぎ》を相棒に　おいさんの身動きば封じ込め三日間
欲望の趣くままに振舞ったげな

陸へ帰った後も　そこで占めた味が忘れられんと
また美女に辱《はずかし》められてみたかと絶えず考えとったばい
ばってん　男ば襲ってくれる女など地上にはまずおらんと
定職に就いとらんけん　如何《いかが》ぁしか店《みしぇ》へ行ける銭《じぇん》もなかと
たびたび浜へ下り　亀が再び現れんか待てども
一向にその気配も感じられんとね

んならいっそのこと　好みの娘を
自ら狩りに行かざるを得んやろと　心の奥底から
囁く声の主に反駁《はんばく》しきる程の丈夫な理性《りしぇい》は
残念ながら持ち合ぁせとらんかったったい

＊

ベンチと思い込み少年が寝そべった甲羅《こうら》はやがて動き出し
多感な年頃のリクタを海底へと連れ去ってん

屋敷へ迎え入れられた異邦人の小僧は　水蛸《みずだこ》から
吸盤を首根っこに引っ付けられてじたばたしいしい
姫と名乗る姉妹からの　力尽くのもてなしに与《あずこ》うたんや

（こんなん卑怯《ひきょう》な手を使《つこ》うてでも自分《わい》としたいんか…）
願《ねご》うてもみんかった夢心地の初体験に揺るがぬ自信を授こうて
街へ出てはナンパに明け暮れ　十代の分際で合コンへ通い詰め
異性との交際模様は瞬く間に派手になっていきよったが
付き合《お》うた人々は皆　次々逃げてまうねん
異常なまでの自惚《うぬぼ》れに嫌気が差してな

飽きて捨てた慰《なぐさ》み者《もん》も数知れず
せやかて先方から別れ話を切り出されれば
この俺様を振るとは何事かと憤るさかいに　恐れられ
次第に女性が寄り付かんようなってもうた
いよいよ独り取り残されれば
かつてのガールフレンド方各々の自宅周りをうろつき
彼女らの日常至る処へ付き纏うんやで……

＊

船から投げ出され溺れとったゴロウは
泳いで通り掛かった亀甲にしがみつき命拾いした序《つい》でに
海石に囲まれた豪邸まで連れてってもらぁたっちゃ
美酒に酔っとると　客間へやって来なった美人の主《あるじ》が

マンタの如くいきなり伸《の》し掛かってきたけぇ
流石に手も足も出なんだよ

女子《おなご》っちゅう生き物《もん》が　見ず知らずの人間に
そがいなことする訳なぁっちゅう定説が
目前で覆されたんが　割に衝撃だっただらぁか
鼻の下を伸ばし　がいに上機嫌で往《い》ぬるも
女房の顔を見るなり　小心者《もん》の腹には
不安と興味が同時に湧いたがな

おっかあも　ワシに隠れて若衆引き込んで
密かにあがんことやっとんじゃなぁかっちゅう
日増しに高じる妄想の末　室内のあらゆる死角に
家族の目に付かん位の細《こま》いカメラを仕掛け
漁の合間を見計らぁては　器量良しと評判のかみさんを
画面越しに念入りに監視しちょったわい

得体の知れん視線に　家のみならず外出先でも
しばしば悩むやになったおかみの背後からは
変装した漁師が　決まって尾行《つけ》ちょるんよ

心配と好奇心っちゅう相反する厄介者《もん》は
どっちもなかなか退《ひ》かんでのぅ
素行調査の対象は挙句　風呂場、寝間、厠《かわや》で素を曝《さら》け出す
不特定多数のご婦人方へも及んだっちゃ

*

海辺で出会った亀っこをめんこがろうとした途端　咥《くわ》えられ
そのまんま向ごうの沖さ消え　お宿さ閉じ込められたハジメは
齢《とし》がまだ一桁の学童だったべな
堕シ女《オトメ》と称する妖婦から一方的に受げる行為の間中
何の知識も備えてねぇ童《わらし》っこは　ただただ放心してただよ

婦女《めのこ》に覚えた嫌悪を拭えんまま大ぎぐなった彼は
不能の人生や男色の道は歩まずに済んだとさ
赤飯も戴いてねぇような幼児《おさなご》らっつう存在のお蔭でよ

*

何かを訴える海亀に導かれるまま　波間に姿を消したヨウジを
磯巾着《いそぎんちゃく》が触手で床《とこ》へ縛り付け　飼い主でもある眩《まぶ》い姉ちゃんは
真面目で晩熟《おくて》な青年が恥じて拒むのも聞き入れず
強引に情交を結びやがった

何事もなかったかのように　学校を出て　就職して
縁あって素敵なお嬢さんと巡り逢い　晴れて夫婦となった
だが　愉しいはずの営みの度
喘《あえ》ぐ細君が　例の阿婆擦《あばずれ》と重なり見えたのか
お前も他所《よそ》の野郎に無理矢理乗ったりするんだろうと

罪もない嫁さんを激しく罵《ののし》り　時に殴った
そのうち　謂《いわ》れなき罵倒《ばとう》と理不尽な拳《こぶし》はだんだん
夜の寝室に限った話ではなくなってきたそうだ

朗らかで誰からも好かれた彼女が心身に変調を来《きた》し
互いの関係が破綻するまで　それからそうかからなかったさ

その後も出逢いは繰り返したが　妻となった者たちは悉《ことごと》く
恐らく同じ理由で　奴の元を離れていったね

*

海岸ヲ巡回シテヰタ警官ツグオハ
行ク手ヲ阻ム巨蟹ニ挟マレ　其ノ儘《ママ》深ミヘ沈ミ
烏賊《イカ》ノ墨ニ覆ハレタ異世界ノ館ニ監禁サレルト　抵抗モ空シク
本能剥キ出シノ二枚貝ノ化ケ物ニ　サレルガ儘トナツテヰタ

職業柄カ　若イ巡査ハ
似タヤウナコトヲ他ノ婦女子ヘヤリ返スヤウナ
ヱゲツナイ真似ハシナカツタ
警察官トシテ　漢《ヲトコ》トシテ　培ツテキタ何某カガ
マルデ浜辺ニ造ラレタ砂ノ城ノヤウニ
音モ立テズニ　崩レカヽツテハヰタガ

「口直シ」ノ目的モアツタノカ　貝ニ呑マレテカラトイフモノ

非番ノ時間帯ハ　盛リ場デ別嬪《ベッピン》ヲ買ヒ漁リ
商売道具ノ手錠ヲ差シ出シテ
海中デノ経験ガ思ヒ起サレサウナ遊戯ヲ矢鱈《ヤタラ》ニセガンダ
妻帯シテヰタニモ拘ラズ

重ネテ申スガ　極メテ紳士的デ
自身ノ彼方此方《アチラコチラ》ニ痣《アザ》ヲ創ラウト
相手ニハ怪我ヲサセヌヤウ常ニ心掛ケテヰタ
金策トシテモ　強奪トイフ手段ハ選バズ
服務中ニ見知ツタ人ノ好ササウナ寡婦ヘ言ヒ寄リ
親切デ誠実ナ若人ヲ装ツテ
果ス当テモナキ婚約ヲ交《カハ》スニ止《トド》マツタ

亭主ノ身体ヘ日毎刻マレル傷ヲ名誉ノ勲章ト信ジテ疑ハズ
切ナクモ誇ラシク思ヒナガラ夫人ハ　常日頃カラ
旦那ヲ敬ツテヰタノダ

*

魚売りに化けた亀公は民家の軒先まで這《は》い上がり
容姿端麗なミツルを浜手へ誘き出したある
海の宮殿に棲む煌びやかな女王は　海栗《うに》や虎魚《おこぜ》で拷問《ごうもん》し
その下半身を己の欲求《よきゅう》に従わせたあるよ

男児に生まれながら　物心のついた時分から

男子にばかり胸をときめかせてたあるが
女人をもそれなりに敬愛してたろうに
騙され脅され苦しめられて　意とは裏腹の快楽を賜《たまわ》るまでは

しばらく経《た》てから表で偶々《たまたま》目にしたあるね
最《もと》も親しかた女友達がその日暮しの独夫に押し倒されるのを

助ける気は全《また》く起らず　始終ただ傍観してたある　そして
魂を蔑《ないがし》ろにされた親友へ　嘲笑いつつ浴びせたよ
右手の中指を立て　筒状に窄《すぼ》めた左手を勢いよく被せ
「もっとマシなオヤジ捕えて犯《ヤ》り直して来れば?!」

下品な手振りを交えた心ない一言は
長い年月をかけて築いた友情に修復不能の罅《ひび》を入れるばかりか
遂には女の子を孤独な最期へ追い遣《や》てしまたね

＊

釣り上げた海月《くらげ》の腕にきつく巻かれ攫《とら》われたナナエが
意識を取り戻したのは　竜《たつ》のお宮の寝床の上でござぇやした
普段のこの子はどっからどう眺めても
充分に男性と見紛《みまげ》ぇ得る形《なり》をしてたんでやんしょう
部屋に居た女主人と思しき人物が
手先の演じた大失態《でぇしってぇ》を悟ったらしく　手を拱《こまね》いてたんすわ

がなり立てるトンボイさんを何とか宥《なだ》めようと
本来ならば客一人ひとりへ土産に渡すべきだった
黒《くれ》ぇ漆塗《うるしぬり》の小函《こばこ》を　綺麗《きれぇ》な赤《あけ》ぇ紐で一つずつ結《ゆ》わえて持たせ
無事に岸へ帰《けぇ》してやりやしたぜ
歯止めの効かなくなった者どもの前でお開けになって、
そうすれば貴女は英雄になれるから、との言葉を添えやしてね

精一杯《せぇいっぺぇ》のお詫びと罪滅ぼしのつもりでしたんしょうかね
一緒に貰った変種の鸚鵡《おうむ》貝には　何と羽が生《へ》ぇとりやして
屑《くず》と呼ばれる輩《やから》それぞれの　来歴・為業《しわざ》・居所を
与《あて》ぇる木の実の数に応じて喋ってくれるんす

こうして　一人の女学生の働きで
歩く害毒は　少しも痛め付けられることなく
真に無害なもんへと貌《かたち》を変《け》ぇて
人知れず飛び去ったんでごぜぇやすよ　約一名を除きやして

*

長く癒えぬ痛手を　外にも内にも負うマドカが
旅路の果てに雪原へ降り立ちますと
広大な真白に映える己の影の遥か先
吉祥の象徴《しるし》とされる鳥が一羽　舞い降りまして
細長い脚で跳ねながら　傷心の身へ近寄って参りました

天を遥々《はるばる》渡り世を見下ろしてきたであろう眼でしたら
もしかすると知るかもわかりません
根は優しく繊細だった夫を何彼につけ
醜い仕打ちへ駆り立てていたものの正体を

でもまさか　鳥獣がそんなことを教えてくれる訳もないかと
取留めもない空想に見切りをつけた後《のち》
あられの入った小袋を鞄から取り出しまして
掌に載せた数粒をばら撒いてやりますと　早速
積もった粉雪を嘴《くちばし》で穿《ほじく》り　落ちた米菓を啄《ついば》み始めました

餌付けの最中《さなか》　内側から不意に蘇る
朧《おぼろ》げながらも懐かしい光景がありました
愛しい人とともに一つ屋根の下で送った日々が
裕福とは言い難いものの満たされていた頃が
怯《おび》えとは無縁の穏やかな空気が包む中
無性に思い出されてしまうのです
諦めたはずの　無垢《むく》な命の温もりすら伴いまして

散らばった菓子を喰い終わりますと　鶴は
ご馳走様とでも言いたげに
真っ黒い小さな両眼でこちらをちろっと見つめまして
孤高のままに　大空の帰路へと羽ばたくのでした

*

海原の真下に生まれ育ったココミは　長年親しんだ慣習に
何《なん》か知ら疑問を持つようなったんどすなぁ
平穏な暮しを望むが故に　魔法使いのお婆はんに頼んまして
仲間や妹には内緒で地へ上げてもろたんどす

職にもあり付き　仕事を朝夕そつなくこなしとりました
ある同僚のお方と何時しか　想いを通わせるようなりましてな
芽生えた恋心は　以前のような劣情とは
明らかに別物《べつもん》の感情どしたえ

路で擦れ違《ちご》うた兄《あん》さんが　振り向き様に因縁を付けました
「我《われ》ぇ、面識ないとは言わせへんでぇ……」
風神さんの手抜きで煙が上手く棚引かへんかったんか
雷神さんの気紛れで霧が掻き消されてしもたんか
そこんとこは　よう存じまへんが

「未成年のガキにやらかしたこと全て世間へ吐いたるでぇ♪」
せっかく借りた細《ささ》やかな一間へ転がり込んでは
頻《しき》りに遊興費をせびりましてな

その夜半　とうとう　会社の一室で
金庫の扉の真面《まおもて》に立ち尽くしとりましてん
急に開いたドアの横　闇《くらがり》に灯りを点したんは
紛れもなく思い人《びと》どした

何方《どなた》にも渉《かかわ》られず黙々と　社屋の別室で
残業でも片付けてはったんでっしゃろか

度重なる脅しに耐えかね　堰《せき》を切ったよう恋人へ泣き付き
その素性を初めて明かしましてん
過去の行いを洗い浚《ざら》い白状するとともに
恐喝に遭《お》うてた事実も偽りなく伝えたんどすえ

因果な運命を呪い　何度も涙に呑み込まれそうになる
哀れないとはんを　情け深い御仁は　決《け》して責めることなく
一晩中　愛おしげに抱き締めてはりましたえ

*

昼下がりの静かな海浜を散歩してたソノコと連れは
砂上に腰を下ろして　語らいの一時《ひととき》を愉しんでたんだわ

彼氏は幸い理解ある好漢で
幼年期の忌わしい思い出も聞いた上で
お付合いを続けてたんだけどもね

気が付けば　青海亀が渚に佇んでて
首尾よく飛来した丹頂がその甲に止まったのさ
将来の安泰を約束するかのような情景に
男女の顔は綻《ほころ》びっ放しだったよ

何時ぞや行き摺りに虐《しいた》げた幼女が今
真ん前で屈託ない笑みを零してるなんて
想像も付かないんでないかい

若者が単独になる機会を根気強く窺ってた正覚坊《しょうがくぼう》の労は
未来の花嫁が　二人分の缶飲料を買うべく
近くの自販機へ走るや否や　報われたんだ

おまいら、狼《おおかみ》

高田先生と向かい合ってごらんよ
大の大人でも吹き出しそうになること請合いだから

高田のことを仲間内でまともに「タカダ」と呼ぶ人間なんか
俺の把握する限り　いねぇよ

生物あるいは歴史の教科書なんか捲《めく》ってみるといい
彼と瓜二つの人物に　必ず出会える

高田先生と「御本家」の見分け方？　しいて挙げるなら…
先生は関西弁を話さない（普段は標準語、授業中は英語）

「アウストラロ…」まんま口に出すのは煩わしいじゃん？
も一つ的確な固有名詞　意外と身近にあったのよね♪

*

教壇に立った高田氏が 'Hi, you, wolves…' ってこっち指すの、
大上《オオガミ》君ならそれもわかるけど　何故オイラも含まれるんだ？

なるほど、「得生《ヤスオ》」ってオイラの下の名
「ウルフ」って読めなくもないね…

かと言ってオイラは　間違っても
‘Hi, you, a monkey…’ なんて高田氏へ言い返せる勇者ではない

仮に　忘れ物をして叱られた際にこう切り返せば
逆上した血の色で　より本物の得手公へと近付くだろか？

「貴方こそ、お母さんのお胎《なか》に
尻尾《しっぽ》を忘れてきたんじゃないですか？」

＊

定年間近にしてやってくれちゃったね、香川先生
四十年弱に及ぶ教員生活の中で　最大の不覚だったりして

茶道部顧問＆真のお嬢育ちの香川ちゃんの口から
まさかその呼び名が出てくるとは…　（しかも生徒たち目前に）

いつものお上品な口調で本っ当さりげなく喋るもんだから
初めは誰も気に留めなかったんだ　でも

香川教諭が教室を去って間もなく
「あれ？　そう言えば…」って　クラスが徐々に騒《ざわ》めき出した

マダム香川の意識下にさえ
あの呼称が彼の形象《イメージ》と表裏一体になって刷り込まれている…

——ってことは　おそらく
高田君が席を外した職員室なんかでは尚更もう…

香川女史の放った問題の台詞、笑うに笑えねぇな…
「本年の学校祭最終日の花火はアルマコ先生が監督されます」

あーあ、知ーらね、奴にバレてみろよ
来年三月を待たずして彼女の首を飛ばしそう…

午後六時ジャストの第一発目で　'Let's Fire!!' と叫んで
生首を一緒に打ち上げる、と（ニヤリ）

ヒドイ、何でそんな可哀相なことまで考えんの？
貴方たちは最低だね、タガヤ先生、悲しむよ…

おーい、山田君、ご両人に座布団九枚ずつ差し上げてー！
憶えといて損はない、これで英検もバッチリだね！

何なの、さっきから？　さっぱり意味不明なんだけど…
タガヤ？　アタシ、ちゃんと「カガワ」って言ったよ！

*

高田先生が結婚するんだって！

お相手は老舗《しにせ》葬儀屋の一人娘で　どうやら婿入りするらしい

それがさ、驚かないでよ、
そのお家の苗字が何と、『Ok…さん』なんだって!!

うっそぉーー?!　マジっすか?!　(……沈黙)
じゃ、彼に限っちゃ呼称の「移行期間」なんてほぼ無用だねっ！

うゎっ、アンタ、それかなり失礼だわ（笑）
新しい苗字が完全に定着するまでの時間のことっしょ？

特に新婚の女の先生にとっちゃどうしても不可避な過程だよね
初めのうちはみんなついつい旧姓で呼んじゃう

おっと、新婚だけじゃない、離婚したばっかの場合だって
うっかり前の姓で呼ぶ人が完璧に消えるまで結構かかる（苦笑）

＊

喜ぶんだ、嬉しいじゃないか?!
アルマコを正面切って「Ok…先生」と呼べる日が来んだぞ!!

ただ、果たしてどうよ?!
実際のとこ、「すんなり」切り替えられなくね?!

うん、正面からそう呼ぶのはなかなか後ろめたい気がする…
僕ならきっと、詰まって思い出すフリして少し間を置くな…

わざと旧《ふる》い苗字言いかけて新しい苗字言い直すって手もあるが
ともかくしばらくの間、ストレートには呼べなさそ…

おい、俺たちこれからどうするよ?!
流石に面と向かっては　猿に「サル」なんて言えねぇよ…

端《はな》から何の迷いもなく呼んでて疑われるの嫌だしな…
「さてはコイツらめ、以前から私のことを…」とかってよ

それまで蔭で散々そう呼んでたくせに
いざ真実にそうなってみると　案外気まずいもんだねぇ…

こりゃ、何のかんの言って結局、
アルマコでも「移行期間」発生するのかな…？（別な理由で）

＊

生徒会代表で参列したけどな、
あの披露宴はもう、自虐を通り越した感動もんだった…

花嫁はモデル並みの長身美人で　そりゃ眩《まばゆ》かった
ただでさえ小さな新郎の短さも　お蔭で一層映えていたぞ

しかも先生、ゴダイゴのあの名ナンバー、流暢《りゅうちょう》に歌いやがった
自らの主題歌を自認しないであんなに上手く歌えるか？っての

新郎の挨拶は場内を見事に笑いの渦へ巻き込んでいた
当の本人は感極まって涙声になってたな…

「揺籃《ゆりかご》から天国まで一切を委ねられる伴侶《はんりょ》に巡り逢えて、
ひくっ、僕は実に光栄です、ぐすっ（涙、涙）」

「……本日から、うっ、うっ、
身だけでなく心も、晴れて『Ok…』となります…(泣き崩れ)」

先生、僕たちは、記念すべきこの日のことを決して忘れません
貴方の残した名言を、後輩へ代々、語り継いでまいります

――にしても、やはりご自分で認めていらしたんですね?!
「内外ともに類人猿」だなんて…

仰げば寒し

『思い出のアルバム』を歌うお友達、
今のうちにそんなに泣きじゃくったら　涸《か》れてしまうだろ…？
学生服を着た　あちらのお兄さんお姉さん方をごらんよ、
『旅立ちの日に』をいざ合唱する段になって
涙の一粒も流せない位に　乾ききってしまうよ…

塗る女

女子生徒には化粧を義務付けるなんて
全国的にも珍しい校則が導入されたもんだ
前年度までとは真逆だね

大勢が規則を破る状況に　学校は頭を抱えていたんだって
考え抜いた末　いっそ逆手《さかて》に取ってしまおうと開き直ったんだ

かえって評判を呼び　歓迎されているよ
それを課せられることが目的で
入学を希望する者もいるみたいだし

お洒落《しゃれ》大好きな少女にとってはまさに天国さ
白く塗りたくる程に褒められるんだもの

見てごらん、地味な娘《こ》が規律違反で叱られている
昨年度までは優等生扱いだったこの子もそろそろ
魂を売る時じゃないかな

おっと、女性教諭は何やら黒く塗り潰しているぞ
ははぁん、皆から預かった生徒手帳の中に書いてある
「白粉《おしろい》・口紅・アイシャドー等一切禁止」の文言だ

二年七組の快傑

気になる女の子がいる
異性として、と言うと　それは少し怪しいが
同学年最後尾のクラスに　そこで唯一の女子として在籍する子
この学級は事情があって　人数が他と比べ極めて少ない
とある半島付け根の国家に生まれ育った
某道楽息子を連想させる顔貌で　おまけに図体がデカいので
失礼極まりないのを承知で　彼女のことを
マサオヤマと呼ばせてもらう

全校で定期的に実施される　漢字の書き取りテストでは
各学年総合成績上位の常連者さえも
かなり惜しい処でマサオヤマには敵《かな》わなかった
マサオヤマの書いた作文を直に目にする機会のあった友人曰く
国語教師でも到底　読み書き困難であろう漢字・熟字訓が
升目《ますめ》の随所に見受けられたそうだが
こうも秀《ひい》でた才能が備わろうと　マサオヤマには　残念ながら
いわゆる普通の高等学校→大学といった進路は　保証されない

マサオヤマは本来の校区の外から
公共の交通機関を使い通学していた
その点では　訳あって隣町に住所を置く僕も　同様の身分だ
長い時間をかけての登下校を続けていれば
否《いや》が応でも　様々な光景に出くわす

ある日の帰路　停まった電車のドアが開くと
見るからに喧《やかま》しそうな　二人の女子高生が乗ってきた
そいつらは　他のシートとは色違いの空席にどっと腰を下ろし
一方は　目の遣り場に困る僕らにも構わず
丈の短いスカートで大股を開き　ロリポップを舐め始め
浅黒い両脚を組んで座るもう片方は
ぺしゃんこの鞄にかろうじて入っていたポーチを取り出し
公衆の面前　憚《はばか》ることなく化粧に取り掛かった

次の駅で乗車した白杖歩行の青年に　結局席を譲ったのは
僕の斜め向かいに腰掛けていた　別の学校の女子生徒
読んでいたペーパーバックを一端閉じて立ち上がり
「どうぞ」と導く所作からは　淑《しと》やかさが滲み出ていた
この生徒の通うミッションスクールと同系列の本校が
かつて妃殿下の学び舎であったのは周知の事実

「ギーゼーンッ！　ギーゼーンッ！」
およそ知り合いではないであろう人間の囃《はや》す声が車両に響き
僕を含む乗客がそれでも押し黙る中
見覚えのある巨体が幾つもの視線を通過し
優先席の前に立ちはだかっていた

「君、表へ出ロ！　君モ、表へ出ロ‼」

マサオヤマの　年頃の娘とは思えぬ位の凄みを伴った抗議に
一瞬言葉を失った二人組は
「何、コイツ?? ちょいヤバイんだけど…」とか呟き
二駅目でそそくさと下車してしまった
本当は　もう何駅か先で降りて
界隈の盛り場へでも行きたかったろうに

沈黙の車内に満ちる極《きま》り悪い空気の下
乗り合わせた客たちは　たった一人の果敢な女子中学生へ
せいぜい　心の中で拍手を送ることしか出来なかっただろうな
お馴染みの朗《ほが》らかなキャラとは対照の一面を目撃した僕だって
何の注意も口に出せなかった己自身が
何だか牙の捥《も》げた虎のように思えていた

自らの腑《ふ》甲《が》斐《い》なさを省みるのも然《さ》ることながら
家路の途中　ふと考え込んだ
卒業後のお水就業率が地元断トツと噂される私立高の二人連れ
下校時の電車内で　厚めの洋書を耽読する名門学院高等科生
ともに　黄色い肌に黒い髪と瞳を備えて生まれ
この狭い島国で同一の言語を喋って生きているはずの
何れもほぼ同い年と見て差支えないあの人たちは
何によって　あるいは　どの時点から
住む世界をこうも違《たが》えているのだろうか

仮に今後　両者が互いに何らかの接点を持ち得るとすれば…

あれこれ思索を廻らせた末に辿り着いた自分なりの答えが
妙に空恐ろしかった

僕は密かに祈った
座席を独占した少女たちに金を払って遊んだ過去のある男を
あの女学院生が将来　生涯の伴侶に選んでしまいませんように

もう一つ　忘れられない出来事がある
授業が早く退《ひ》けた日の話だ
「あぉ～、俺、何処行くんだったよぉ～?!」
サングラスを掛けたオールバックの男性が
割と趣味の良い香水の匂いを振り撒きつつ
黒い上等のブーツでホームを徘徊《はいかい》し
派手なシャツの肩の辺りまで伸びた白髪を振り乱しながら
発する狼狽《ろうばい》はしばらく収まらなかった

その様子を見兼ねたらしいマサオヤマが
老爺の元へ歩み寄ってゆき　僕は
「また一本取られた…」と　咄嗟《とっさ》に心中で呟いてしまった
自ら助け舟を出してやる度胸もなかったくせに

首や両腕に刻まれた皺の具合で　かなりの高齢と見受けられた
信じたくなかったが　焦茶色のレザーパンツの股座《またぐら》には
濡れ染みが広がっていた

マサオヤマが駅員を伴って再び現れるまでの間
オープンフィンガーの革手袋を嵌《は》めた両手をベンチについて
外出の目的すらも思い出せずに喋り続ける老人の両脇を
若者の群れが次から次へと行き交う
その時間帯にこちらの駅に賑わう若い連中と言えば大概
周辺に立つ　福祉系専門学校の学生たちに決まっている

その場に立ち止まった男女のグループは　無遠慮に老翁を眺め
特に声を掛ける訳でもなく　また歩き出す
独り歩きの男子は　両耳に挿《い》れたイヤホンを外したくないのか
手を差し伸べようともせず　横目で一瞥《いちべつ》してそのまま通過した
指を差して露骨に笑う彼氏に釣られ
彼女の方まで腹を抱えるカップルもいた

随分と板に付いた着こなしから察するに　あの爺さん、
若い頃は　矛盾だらけの社会へ声高にシャウトしたロッカーか
さもなくば　世間の束縛を嫌い自由気ままに旅を重ねる
一匹狼のライダーだったか

だが　かつてそうあったかも知れぬ彼でさえ
この世を司る大いなる法則には抗えず
情け無用の摂理からは遁《のが》れられなかった
「人類皆平等」という陳腐な箴言《しんげん》が
この日ばかりは　恐ろしい程に真実味を帯びて
「マサオヤマ、頼むから早く戻ってきてくれ…！」と

無言のうちに叫ぶ焦心に焼き付いた

夏休みの気分が抜け切らない某日の帰途
剃《そ》りの入ったドレッドヘアに無精髭《ぶしょうひげ》を蓄えた外国人が
金属製の装身具やウォレットチェーンをジャラつかせながら
僕の真向かいに席を陣取った
睨まれると相手が萎縮してしまいそうな目付きをしているので
なるべく目を合わせぬよう　心掛けた

聴き慣れないアナウンスが　何処からともなく流れてきた
不思議なことに　東京都内にしかない駅名ではないか
ご丁寧に　流暢な英語も後からちゃんと付いてきて
一連の音声は　だんだんこちらへ近寄ってくる…

——マサオヤマ、そうだったのか、
この八月は父親にTDLへ連れて行ってもらったって
廊下で先生方に自慢していたっけ…
大都市の鉄道が余程　お気に召したのかい？

まるで歩くスピーカーの如く車両を行き来する
プロ級の声帯模写には　何時の間にか
異なる方向から吹き出るパーカッションが乗っかっていた

——これが、いわゆる「セッション」か…

僕には見て取れた
怖くてなかなか直視出来なかった向かいの顔が
口元へ回した手を頼りに　頻《しき》りにリズムを刻んでいる…

やや高めのコーラスが　次第に加わる
僕より一人置いて隣に座る　黒服を纏った茶髪の兄ちゃんが
女のように細くした眉を上下させつつ　美声を捻《ひね》り出していた

細長い空間に放たれる音同士の至巧な融合は　やがて
大勢の知るスタンダードジャズナンバーへと　形を整えてゆく

――マサオヤマ、ここで改めて、お前を讃えよう

僕は勇気を振り絞り　進んで合の手を入れる
頼りない掌を　我も支えようと言わんばかりに
無名の聴衆たちの間に後から後から手拍子が起こり　僕へ続く

この齢を迎えたならもう　進み出なきゃならないんだ
社会は僕らの世代を　若いという理由で庇《かば》うけれど
僕らの態度や行動に最も影響を受けるのは
もっと年少の奴らだろ？

「あぁ、今日はほんまにエェ列車に乗せてもろた♪」
関西弁の親父が降車際に洩らした台詞、見事だ

まさにこの感想に尽きる

絵になる女の子がいる
脱がせて描いてみたいか、と訊かれても
きっと　二つ返事ではゆくまいが　僕は推す
古今東西名立たる指導者よりも愛すべき　我が校の英雄を

幸か不幸か　中学を無事に出られた段階でそこへは
清貧を重んずる高級な淑女教育に与《あずか》る機会は多分訪れるまいが
教員の目も碌《ろく》に行き届かぬ掃溜め宛らの教室に叩き込まれ
誰からも大事にしてもらえぬ青春を送る心配も
おそらくそこにはない

親指彼女

薔薇《ばら》色に見えたはずの出逢いは
こっちが一方的にfire
勝ち誇った気でいれば
素っ気ない返事に「哎呀《アイヤー》…」

淋しくならないための対策
nail polish黙って拝借
窓を閉じれば君は
左手のthumbをhijack!

四六時中ともにする苦楽
どんな時にも無言の'Good Luck!'
ここで見つめられてたら
みんな捗《はかど》りそうだぜ上手く

もっと見たいよいろんな面差し
爪よ頼むから伸びるのお待ち
無人貫く右手は
相変わらず今も友達(?)

指に力借りて自信過剰
恋に付き物の疑心は情
採り込んだ萌えるface

剥げたりしたら道に迷う…

そろそろ独りで生きる支度
しなけりゃ後から悔いるぞ甚《いた》く
見る影もないart
削るよりまず自分磨く

オメガの黄色い嘴

「何せ年度末の出来事ですから、
受験で忙しかった皆さんはよく知らないのでしょう」

切れ者のタレントA女史の推測は一見　尤《もっと》もらしいけれど
引き込まれる彼らはまさか　大半がその学年に該当する？
それにそもそも　三月は三月でも
五日でなく二十日に起こったのよ
試験の重圧からは解き放たれているべき時期だわ
過熱するばかりの報道だって
同月の間に収まる訳にはとてもいかなかったでしょ？

“心を入れ替え償いつつ帰依する所存でございます”みたいな
正体や過去を包み隠さない潔い謳《うた》い文句で迫れば
初心《うぶ》な若者でなくても効くかもね…　DJモモヨは思うのよ

＊

「これだから高学歴《エリート》って危ういよね…、
その点ウチらは三流でよかったねぇ～♪」
そう談笑する女子のグループは
占星術の雑誌を休み時間の度に回し読みして
運勢の良し悪しに激しく一喜一憂します

口を開けば競馬《ウマ》の話しかしない阿呆面《あほうづら》の男子は授業中
必勝法が書き連ねてある胡散《うさん》臭そうな本を
教科書に隠して読んでいたところを見つかり
先生の大目玉を喰らいました

同じ穴の狢《むじな》は怯《ひる》むどころか
ここぞとばかりにかえって蔓延《はびこ》るのです
二の舞を演ずるような愚かな真似はいくら何でもしないだろ…
そんな心理に付け込んで　猫を被って

勧められれば案外　容易く乗ってくるでしょう
「高学歴《エリート》が危うい」という言葉は間違いです
「高学歴《エリート》すら危うい」と言う方が正しいです
帰国子女チトセの信念は揺るぎません

＊

濡れ衣を着せられ　翌年に疑いの晴れたＫ氏は意外にも
毒婦Ｈを支援していたが　彼の本心は
言うまでもなく本人にしか知り得ない
彼女のことを完全に潔白《シロ》だと信じているとは限らない

ただ　覚悟の据わった様が
真の生き地獄を経験した者にのみ許される
社会へ向けた捨て身の抗議のように

司法修習生ヨロズの目には映るのだった

＊

我が家の躾《しつけ》は学問から作法に至るまで　そりゃあ厳しかったさ
鉛筆の持ち方だって　みっちり仕込まれたよ
そんな使い方では字が綺麗に書けないわよ、ってね
残念ながら　ペンを正しく握れる人には
年齢・職業・国籍を問わず　滅多にお目に掛かれないもんだ

自らと同じ過ちを繰り返してくれるなと
この大学の卒業生である囚人Hが　僕ら後輩へ宛てて
認《したた》めた手紙を読んだことがあるけれど　内容も然ることながら
はっと目の覚めるような美しい文字で綴られていた

僕、オクラと同様　この人もきっと立派な家庭に生まれ育ち
小さいうちから上等な教育を受けたに違いない
そうやって躾けられた人間でさえ
極悪人である自称・英雄Mに唆されて
取返しの付かない罪を犯してしまうんだ…

＊

「全ての兵器を楽器に持ち替えよう」
何処かで聞いた平和活動の標語《スローガン》が　幼い頃から嫌いだった

上手に奏でられる者とそうでない者との隔たりは必然的に
優越感と劣等感とを生み　慢心や嫉妬の恰好の温床になるぞ

年端も行かない少女がプロ顔負けで弾きこなすピアノには
良識ある大人でさえも一瞬　聞き惚れてしまわないか？
前面に押し出される美女たちが歌舞音曲で思想を広め
人々は言わずもがな　全員服従…
今にして振り返ればあの群れは　まるでかの国の縮図だぜ

使い手の意図によっては　ヴァイオリンもトランペットも
銃や剣以上に禍々《まがまが》しい武器となり得ることを覚えておけ、
偏屈者の音楽教師キザスは本日も　一同を前に弁を振るう

*

年寄りは静かにNHK、なんて　一昔前の光景だで
午後のロビーでは　昼食を終えて間もない患者たちが
民放の小じゃれた娯楽番組《バラエティー》を視聴しながら賑やかに過ごしてら

途中に差し挟まれた報せは　一軒のあばら家を映しとった
男はそこに　行方《ゆくえ》の長く知れんかった不発弾を匿《かくま》っとった

懸命に伝えんとする記者の背後に　若い母親たちが群がる
愛児を抱き上げて白い歯を見せながらＶサインを送る者
乳母車を片手に携帯電話で幾度となく撮影を試みる者

年甲斐もなくママ友同士で出しゃばり合う者

「あれが孫娘だったら引っ叩《ぱた》いてやる…」
真顔に戻った老婆が極めて真面《まとも》な感想を述べた
（間違ってもあんな親にはなりたくない…）
中継を傍《わき》で眺める白衣のミヤコは　口には出さんかった

無作法な野次馬はどの町にも　老若男女隔たりなくおるんだよ
専業主婦か年金生活者位しか残っとらんような
昼下がりの地域だからこそ
「仕立て」は成功を収めたんじゃねぇか？

寄り集まって大人気なく振舞う子連れの女性たちを
追い払わずあえてその場に留め
能天気な彼女らに片棒を担がせた撮影班は見事
全国の視聴者の顔を　一様の危惧《きぐ》の色に染め上げただろうさ

（御覧ナサイ、此方ニ集《タカ》ル主婦連中ハ
例ノ不発弾ト同様　状況次第デフテブテシイ性ヲ現シ
大ソレタ行動へ走リカネナイノデス
一歩間違エバ　貴方ノ奥サンダッテ御嬢サンダッテ
ソシテ何ヨリ貴女自身ダッテ…）

時間帯こそやや違っていれば　善良な市民は
錯覚へ陥らずに済んだかも知れん

看護師の三倍は長く生きた老人も
巧妙に仕組まれたこの絡繰《からくり》には気付くまい
これ見よがしの煽《あお》りの手腕は　仇《かたき》に勝るとも劣らんね

両目が明けきるのを待たずして巣立ちへ臨む
ああ、羽なき鳥たちよ…！　——ってか？

マグマ節

赤いシャツ着た髭の兄さん　壁を毀《こぼ》ち銭こぁ得るだ
イニシャル入《へぇ》った帽子被って　土管へだって潜るだよ
採れた松茸喰い付きゃあ　漲《みなぎ》る力で日々の勤めも捗らぁ
邪魔っ気亀ども物ともせずに
ハァ〜　めんけぇ姫様のためならエーンヤコーラ

緑のシャツ着た痩せた弟　花ぁ摘んで空さ揚げるだ
兄貴と揃いの帽子被って　海へだって潜るだよ
海星《ヒトデ》が味方に付いて来りゃあ　短ぇ間に無敵の拳でスーイスイ
烏賊やら河豚《ふぐ》も炎にゃ仰天
ハァ〜　愛しの桃ちゃんのためならエーンヤコーラ

でけぇ口した地獄の父っつぁん　朝鮮汁をぐつぐつ煮るだ
棘の覆った甲羅被って　お城の中で待ちぼうけ
時に鬼火も噴いてみりゃあ　慕う手先も慄き地上へ逃げちまう
血の池みてぇな辛《かれ》ぇ飯拵《こさ》え
ハァ〜　攫《さら》った娘に喰わせたろうかヨイコラショ

石鎚《いしづち》躱《かわ》し卵も避《よ》けて　四《し》八《わ》の三十二を駆け抜ける
どっちが早く辿り着けるか　男同士の競い合い
運良く旗さ乗っかりゃあ　祝いの花火が続けて何回ドーンドン
噛み付く花々暫《しば》しあんぐり
ハァ〜　豆の蔓《つる》さえ登っちまえばチョチョイのチョイ

墨を抜かれた十本腕と　毒を抜かれて縮んだ魚
仲良く俎板《まないた》載せられて　鍋へ放り込まれるだ
茸《きのこ》と鼈《すっぽん》友にして　真っ赤に煮込まれ何《いず》れは主人の卓の上
直に訪ねた兄弟二人
はぁ～？　湯気と泡吹く碗《わん》こ見て何ぁんじゃこーりゃ？

鳴かぬなら…

まだ三千日も生きていなかった君がママとともに映る過去は
どこかの悪趣味な無人劇場に今でも残っているだろうね
彼女はさ、責められるべきでは決してないんだ
ちょっとした威嚇で配下に置かれ易い性質は
誰のせいでもなかったんだよ

父親、いや、もしそう呼びたくなけりゃ
以下は「あれ」とさせてもらおうか
君という息子が生まれた時　あれはひどく喜んでいた
メアリーでなくあくまでジョンであったことを嬉しがったのは
通常の感覚では及びもつかないおぞましい魂胆からだったのさ

君が全くの純真だった頃
豹変《ひょうへん》した、と言うより本性を現したあれが
やがて訪れたもう一匹の野郎と一緒になって
訳もわからぬままの君たち母子《おやこ》を安らぎの間へ押し込むのを
僕はただ　高みから見ていることしか出来なかった

ママは　無防備な君を馬に見立てて
冷たい口接《くちづ》けの命ずるがままに踊っていたな
かみさんのこめかみへ長い唇を当てつつ見物を楽しむあれは
友人だか兄弟だかよくわからんそいつに一つ目小僧を握らせ
シーツの上の光景を撮り収めていた

後《のち》数年に亘《わた》り　たびたび強いる演技に二人は従い続けたが
角なしの鬼どもが本番中　一度も
自ら舞踏へ割り込もうとしなかったことを
せめてもの救いと捉えることで　君たちは
心の安定を図っていたんだろうか

正直、僕だって　ママには逃げてもらいたかった
そろそろ認めざるを得ない時期に差し掛かっていたからだよ
まだまだ頼りなかった君の身体に
いよいよ大人の機能が備わり始めていることを

君は本意でなかったかも知れないが
宙《そら》の闇に明るく満ちた僕は　天を味方につけ
あれの前で思い切ってその事実を明かしたのさ
するとあれは　手を引くどころか
ますます乗り気になっていきやがった
一縷《いちる》の望みを賭けた僕の試みは見事　失敗に終わったんだ

そして　最も恐れていたことは起きてしまった
発覚してから間もなく　彼女は人知れず
川に棲む精の招きを受け容れた

一生妻帯しないと我に誓うのは　君の自由
女性を心でしか愛することが出来ないのは　悪いことじゃない

だが　監督ごっこへ及んだ動機を問い質《ただ》された際
当時の君を「男優」へと仕立て上げた理由について
「だって、五つや六つならまだ早いじゃん…」などと
口籠《くちごも》らせながら答える　止める価値もない息の根を
君自身の手で止めてほしくないな

何の力にもなれずにむしろ　君の魂を悲惨の窮《きわ》みへ追い遣った
この僕へ向かって　気の済むまで吼《ほ》えればいい
己自身が犬歯の抜け落ちた狛犬《こまいぬ》のように思えて仕方がないなら
夜の山野をうろつく野獣の群れに　代わりに狂ってもらう

虹孔雀《にじくじゃく》

紺の雨傘傾けて　濡れる欄《おばしま》眺めます
雲の狭間を舞い降りて　あなた停まってくれないかしら
扇の翼《はばた》で翔けば　南国《みなみ》の匂いが立ち籠めて
あたしは思い焦がれます
常磐に褪せぬ七色纏い　飴色をした陽を招く
あなたはまるで極楽鳥

路地に華やぐ紫陽花《あじさい》へ　寄り添い縋《すが》る蝸牛《かたつむり》
あなたの背には乗らずとも　羽根の花弁《はなびら》落してほしい
雨粒みたいなおはじきを　幾つも集めばら撒いて
あなたの色に見立てます
地《つち》の影さえいと麗しく　道行く人の心奪う
恋しいあなたは虹孔雀

金の朝露葉に乗せて　川面に浮かぶ白蓮が
あなたを仰ぎ揺らめいて　薄紅にその身を染めて
尾羽の先まで貴《あて》やかに　天《あめ》の追風《おいて》に吹かれつつ
あなたは己の巣へ還る
鳥を象る竪琴奏で　久遠《くおん》へ響けと願い込め
唄うあたしは明烏《あけがらす》

名もなき指

土曜の昼下がり　書店からの帰途を見舞う驟雨《しゅうう》から遁《のが》れようと
たまたま近くに建っていたキャンパスへ避難するも
美術学校特有の空気に当たってしまいました

壁際に展示される数多の作品を鑑賞しながら
雨が止むまでの時間を潰していた廊下には
揮発した溶剤が漂っていたのでしょう

吸い続けた挙句　床に座り込んでしまったあたしへ
あなたは駆け寄り　背中を摩《さす》ってくれた上
背負って医務室まで運んでくれました

キューピッドがあたしの心臓を目掛け放った矢には
おそらく三本分の効力はあったに違いありません

*

聞かせたことはありますが　あたしの生い立ちについて
どうかもう一度　語らせてください

あたしたち姉妹がまだ少女だった頃　連れ立って表を歩く度に
奇異の感丸出しの視線を周囲から浴びたのは
あたしに備わる特徴的な腕先のせいではまずありません

一分の狂いも認められない程に共通した背格好と顔貌を
束になった三人もの人間が持っていれば
思わず振り向きたくなったり
目を注がずにはいられなかったりするのが
哀しくも人情というものでしょう

バレエ留学の経験がある一番目の姉は
有名美容外科に勤務するエリート医師の妻となり
誰もが羨むような優雅な暮しを送りつつ
街のダンススクールで講師として活躍しています

働き者で家事の手際の良い次の姉は
江戸時代から続く由緒ある相撲部屋へお嫁に行き
下は十五歳から　上は自分に届いてしまいそうな年齢まで
両手では一遍に数え切れない息子たちの面倒を日々見ています

戸籍において三女と呼ばれるあたしの場合
同時に三つもの命を宿した胎の中
空間がひどく手狭になってしまっていたせいか
一般に手首と呼ばれる部分より下は
形成してもらえる余裕がなかったみたいです

僭越《せんえつ》ながら思っていました
指環を嵌める場所をこの身体に備えてくださらなかった神様は

誰かと結ばれることよりも重たい使命をきっと遣わしたのだと

誤解しないでほしいですが　これは
負け惜しみの発露などでは決してありません
家庭内暴力や幼児虐待　これらの報道に
昔から何故だか敏感だったあたしは
まるで何かに駆り立てられるよう猛勉強を重ねた末
地方公務員の試験に特別枠で受かり
平日は区役所の児童福祉課に勤務します

工芸デザインを専攻するというあなたと度々
学外で重ねた逢瀬は　とても楽しかった
芸術に関する会話には　季節を問わず花が咲きました
あなたが独りで住むという部屋には　描いたもの　彫ったもの
あなたが直《じか》に命を吹き込んだ作が所狭しと並べられ
あたしを何時でも歓迎してくれていました

ペンダントやイヤリングにブローチ……
手製の装身具も　いっぱい戴きました
柿の実を乗せた髪留めだけは　今も手放してはいません
粘土でちょこんと捏《こ》ねてくれた　あれですよ

葡萄《ぶどう》や苺《いちご》なんかを模したものはよく見かけても
この果物を模った装飾品は滅多に見ません
珍しがっていたあたしへ　頬を緋鯉のように赤らめながら

「桃や栗よりも長う一緒にいたいんじゃ…」と
告げてくれたではないですか

いずれ四年へ進級して卒論に取り掛かれば
忙しくなりなかなか会えないだろうから
今のうちに関係を深めておきたいと言うので
あたしは応じられるだけ応じました
将来がこの目で見込まれたあなただからこそ
生活に不自由な思いをしてほしくはなかったので
多少の支援もさせてもらいました

ホワイトデーの頃でしたか
ひたすら無口で熱心に何の作業に打ち込んでいるのかと覗けば
何やら首輪を拵えているところでしたね
どちらかと言うと男性向けのように感じたので
誰が装着するのか　訊いてみました
「将来を契るリングじゃ、俺《わし》自身がお前の指じゃけぇ……」

出来映えを讃える台詞もまともに返せない位に
目頭は熱を帯びていました

「美大生なら普通、
『卒業論文』じゃのうて『卒業制作』じゃないん…？」
友人からの指摘により　心には一点の疑念が芽生えました

時を同じくして　あなたの妹さんが
わざわざ職場まであたしを訪ねに見えました
部署柄てっきり　学童が自らの足で
被虐を訴えに訪れたものだとばかり思っていました

兄の身辺に女性の気配を覚え　彼の性質上
相手に散々迷惑を掛けてはいまいかと心配になり
僅かな手掛かりから調べた末　あたしへ辿り着いたそうです
幼いながらによく突き止めたものだと感心しました

春休みで　寮から親元へ帰省していたそうですが
幼少時より虚言癖のひどかった実兄から
ご両親による教育的な配慮の下　引き離され
別の地方にある女学院の初等科へ通っていたそうですね
自宅兼アトリエと思われた一室は
実はその建物一棟ごと　親類の所有だと教えてくれました
空室へ入り浸るうちに何時しか
そこが己の城のように思えてきたのでしょうか？

製作の材料として教室に備蓄してあった
賞味期限切れのお好み焼の粉を何袋か
自身の趣味に使うため無断で持ち出そうとしていたところを
続けざまに偶然入室してきた男子学生に
取り押さえられ御用になった少年というのが
他ならぬあなたであることは直ちに確信しました

使い勝手の良い小麦粘土へ加工するには最適な素材ですよね
つなぎに打ってつけの油分と　防腐剤の役割を果たす塩分とが
ちょうどよく混ざっていますから

割と裕福な家庭に生まれ育ち
お金にはさほど困っていなかったにも拘らず
教材をわざわざ盗んでいたなどという
一般人が理解に苦しむ行動にも
それなりの理由が込められていたと考えます

学籍名簿を洗ったところで氏名など見つかりっこないあなたは
ただただそこの学生として振舞いたくて
周りにもそう見てもらいたかった――
動機は概ねそんなところでしょう？

芸術大学へ強い憧れを抱き　在校生のふりをしながら
しょっちゅう学内へ立ち入っていたあなたは結局
美大どころか一般の大学へすら入学したことのない
十代の高校生だったのですね

優しさの滲み出るような　振舞いと言葉とを武器に
至って慎重な性格のあたしを　見事に骨抜きにしてくれるとは
あなたはもう一つ　えらい才能に恵まれましたね……

*

姉婿が籍を置く医院からは　少し前
取返しが付かない程の深刻な医療ミスが発覚し
その運営は直《じき》に窮地へ陥って　夫人である長姉は
舞踊の指導以外にバイトを掛け持ちせざるを得なくなりました

女将《おかみ》として次女が携わる角界においては
八百長《やおちょう》疑惑が浮上したかと思えば
部屋ぐるみでの新弟子暴行の事実が明るみに出たりと
不祥事の話題に何かと事欠かない時期が訪れていました

夕陽色の果実を乗っけたヘアピンを
プライベートで未だに身に着けるのは
似たような沼へ再び嵌り込まないようにとの
自戒のつもりではあるのですが
気が付けばいつも　相反する心境が顔を出しているのです

あなたが筋金入りの法螺《ほら》吹きだったとして
余りにも滑らかでつるんとしたその先端は
むしろ美しいとさえ褒め　塗料の染み着いた掌で
労り　撫で　愛でてくれたことさえも
やはり　紅葉のように真っ赤な嘘なのですか？

疚《やま》しさの抜けきったあなたが自作のチョーカーを着けて現れ

あたしの手指になることを改めて誓う風景を
悔しくも思い描くようになってしまっています

玉なし芳一

甲羅だったか　背中だったか　そんなのどうだっていいんです
竜宮だったか　海の家だったか　そんなの問題じゃありません
詳細については　あえて言及しないでおきましょう

稀に見る誠実な人でしたから　お巡りさんへも報せました
恋人へは真実を告げ　駐在所へも同伴してもらいました
狭い町が災いして　噂はあっという間に広まりました

電話番号の書かれた手紙が郵便受けに入っています
「何処へ行けばそんな目に遭えるのか、俺にも教えてください」
何者かが玄関に張り紙をします
「一度に何人とヤレたんじゃ?!　この、絶倫野郎!!」
理知的な女性の声で電話がありました
「本当に嫌であれば、それ自体がそもそも成立しないはずです」
おばさんたちが集まって喋ります
「男性の体力でどうして逃げられないのかしらね」
同僚が酔った勢いで囃します
「嬉しくないなんて男じゃない！　さてはお前、ゲイやろ？」
お年寄りの方は面と向かって説教します
「君はそういう哀れな女子《おなご》をむしろ諭す立場ではないかね？」
背後からえげつない言葉が投げ掛けられます
「奥さん、ホモに抱かれとらんで、ワシと楽しみましょうや」

追い詰められるホウイチを婚約者は支え続けました
彼には疚しいところは何一つないと信じておりました
幼少期に刻まれた癒し難き心の傷を包み込んでくれた彼を
置いて逃げるなんてとても考えられません

背広姿の物々しい集団が家へ押し掛け
桜の代紋入りの手帳を呈示しながら彼の身柄を求めます

「これは市民のため、そして何より、
あなた方自身のためでもあるのです」

「受けた」人間が「与える」側に転化するのを防ぐべく
専門機関で相応の治療を施さねばならないとのことでした

身が引き裂かれる思いでいっぱいだった彼女は気丈に振舞い
彼の手をぎゅっと握り締めました
「ずっと待っているから、どんなになっても受け容れるから」
そう約束して彼を送り出しました

医療行為の名の下に孤独の檻《おり》へぶち込まれた彼は
処遇の不当性をどんなに訴えても聞き入れてもらえず
とうとう実際に心身の均衡を崩してしまいました

病床に臥《ふ》す彼を見舞いに訪れた彼女は

我が身の無力を哀しみ　つい涙してしまいました
それでも彼は彼女に対し　以前と全く変わらず
優しく穏やかに接しておりました

それから間もなくのことです
「患者様を取り違えてしまい、誠に申し訳ございませんでした」
医師団は彼女に深く謝りました

賠償が下りない訳ではありません
病院は過誤を全面的に認めました
しかし　内密に調べますと　斯様な手術を要する者など
当時は誰一人として入院してはいなかったのです

不意に薄れゆく意識の中で　医者同士の会話が耳に残りました
「害毒を早めに取り去るに越したことはない」
「責任は国家が全て持ってくれるから安心だ」

生命の源を左右両方とも抜かれてしまった彼には
そこへ至った経緯などはもう　どうでもよくなっておりました
退院の目処が立った彼はあっけらかんと彼女へ言いました
「悪いのは世間じゃなく、生まれ付いたこの身体の方だと思う」
彼女は別れ際の誓いを破ることはありませんでした

六月の晴れた日曜日

チャペルに花婿の姿は見当たりませんでした
純白のドレスに身を包む花嫁が二人
代わりに並んでおりました

カロンの待つ河へ

「おじちゃん」だって？　そうか、お嬢ちゃんの年なら
俺のことなんか知らなくたって無理はないよな…
やれやれ、この俺もそろそろ
ガキんちょからはそう呼ばれるようになってしまったか…

どうだい、せっかく会ったんだから
おじさんの話でも聞きながら歩かないか？
独りだったんで　ちょうど話し相手を探していたんだよ

おじさんはね、昔、スターだったんだ
大学へ入るために上京してから
友人の紹介で養成所へも通うようになったのさ
そのうち　本分の学業よりも稽古《けいこ》の方に入り浸ってしまってね
父親は厳格な地方公務員だったから
役者になりたいなんて言い出した日には
そりゃあもう、絶縁の一歩手前まで来てしまったさ
「何のために東京の学校へ入れてやったと思っとんぜ?!」
その怒鳴り声が今も耳の奥に焼き付いている位だよ

大卒の肩書きを何とか手に入れてから
芝居の道を本格的に歩み始めたんだが　転機になった作品は
水難救助隊をテーマにした連続ドラマだったんだ

毎回の放送が高視聴率を博した上に
一隊員を主演した僕の人気も鰻上《うなぎのぼ》りだった

もともと運動は得意な方で　筋力も鍛えていたもんだから
水辺や岸壁での過酷な撮影にも耐えられたし
役柄にも体力を活かすことが出来たんだ
その結果　お茶の間で観てくれたお姉さん方にえらく愛されて
放送が終了してからは映画にまでなった位さ
おじさんはこれを機に　人気俳優の仲間入りを果たしたんだよ

名誉も名声も得た僕は
同時期に活躍していた美人女優と結婚して　子供にも恵まれた
きっとその辺りから
求めるものが全て手に入るような錯覚に囚われていたんだな…

高級クラブを毎夜のように梯子して　飲んでは遊んだ
自動車や小型船舶を衝動買いしたりもした
百万や二百万を金とも思わないような
真の意味での賤民《せんみん》にまで堕ちていた

こんな男が「救助隊員」だなんて　笑わせるよなぁ…
欲望の海に溺れていたのは結局　他ならぬ僕自身だったんだ

愛人の存在がばれて　妻からは三行半《みくだりはん》を突き付けられた
娘も息子も　僕の元に留まることはなかった

週刊誌にはあることないこと書き立てられ　仕事は激減した
残りの財産を叩《はた》いて　道楽まがいの商売を始めてもみたが
こちらもなかなか上手くいかなかった

自宅も　家財道具も　愛車も　ヨットも
みんな手放さざるを得なかったよ
おじさんは遂に　何もかも失ったんだ
自分自身の他に残ったものは　大きな負債だけだった

首を縊《くく》るか　一から真面目に働くか
既にそのどちらかしか選択の余地がなかったんだが
おじさんは散々思い悩んだ末に　後者を選んだよ
最終的に僕の意見を尊重してくれた親父と
小言を何一つ口に出さず応援してくれたお袋を
故郷に残していることを思い出してね

借金を完済するために
日雇いの肉体労働、チラシ配り、営業マン、店員、警備員、
挙句は歌手の付き人なんかまで　とにかくいろいろ体験した
裏で地道に作った貯えを夜の遊びに注ぎ込むような真似は
二度としなかったし　するのも御免だったな
代わりに　自転車で世界を横断する一人旅の費用に充てたんだ

お嬢ちゃんにも見せてあげたい景色がいっぱいあったよ
地球という惑星がこんなにも美しいものだったんだと

後れ馳せながら感じたね
旅先ではね、それらの絶景に勝るとも劣らないような
素敵な女性にも逢ったんだ

やがて現地で　ちょっと広めの農地と質素な小屋を買って
ともに暮らし　二人で農業を営むようになった
面白いことに　芸能活動の依頼も再び舞い込むようになって
帰国の度に番組へ　またちょくちょく出演させてもらえた

今度は本当に　豊かな家庭を築けたと思うよ
二枚目として名の売れていた時代と比べれば
そりゃあ地味な生活かも知れないが
大地の恵みを直に与ることが出来て　日々の勤めにも困らない

こう振り返ってみると　何だかんだ言って
おじさんは結構　幸せ者だった
欲しいものは一通り手にしたし　やりたいことも殆ど経験した
この星で生を授けてくれた天へは　誠に感謝している
思い残すことはもう何《なん》にもないな…

ようやく大河が見えてきたな
お嬢ちゃん、悪いがここでお別れだ
おじさんはあそこで舟に乗って　向こうへ渡らなきゃならない

済まんが　よく考えればまだ一つ　心残りがあった
おじさん、一度でいいから　現実で救命をしてみたかったんだ

最後にね、この藁《わら》しべを預けよう
いいかい？　こいつをぎゅっと掴んで唱えるんだ
「Water、ウァールァー、ワーラー、ワラ！」とね
無事に帰してもらうための呪文だからな

なぁに、お嬢ちゃんはこれからだ
こんな俺だって　どうにかこうにか生きてこられた
人生なんて意外と何とかなってくれるもんさ
それじゃ、およそ百年後に再会するまで
元気で長生きしろよ……

＊

夜半の集中治療室に起きた奇跡に
若い夫婦は涙を禁じ得ませんでした
近所の川に流され昏睡状態に陥っていた幼女は
うっすらと両目を開けました
呼びかけにも反応しているようです

幼い身体であったことが幸いしたのでしょうか
それから数時間のうちに劇的な回復を遂げ
翌々日には　母親とともにロビーで寛《くつろ》ぐ彼女の姿がありました

「あっ、おじちゃん！」
愛娘が指し示す方向へ何気なく目を遣《や》れば
TVが昼のニュースを放映しています
ある老優の訃報が流れているところでした

ピリカ

香りが風物詩である季節に自分がもっぱら思い浮かべるのは
真新しいランドセルの合成皮革や新品の教科書に使われる紙
あるいは新調したての制服などという人工物が放つ匂いの方で
芽吹く木々とか　虫を誘うべく開く花々とか
暖かな風の運ぶ香気は何故だかいつも二の次だった
これでも一応　農家の跡取りである

その名とは裏腹に　このだだっ広い島には
実はこれまでに縁もゆかりもなかったとのことだからこそ
その生い立ちが少し気になった

ゴミは「捨てる」ものでなく「投げる」もの、
手袋は「嵌める」ものでなく「履く」もの——
現地における語法を教わるたびに目を真ん丸くする様子は
都会育ちの洗練された女の子であることを　より深く物語る

一人暮しを初めて経験する部屋では　建材の臭いと
拭いきれていない前住人の生活臭とに　とりあえず鼻を慣らす

♈

梅雨のない気候により　雨音には大して見舞われないが
開けっ放しの窓のせいで　聴講中も蝉が喧《やかま》しい

若気のさざめきだの　公園での花火遊びだの
夜風に乗って遠慮なく侵入する音には　意外とすぐに慣れる

「考えてみれば日本人には超珍しいイニシャルだよねー」
「それだけで誰だか特定されちゃうのが難点じゃない？」
「……にしてもめんこい名前で羨ましいなー」
隣の棟の一室で夜明しの女子会でも催されているのか
メンバーの氏名は音声だけではほぼ把握不能だが
アルファベットの十六番目だけは即座に浮かんだ

（宴はさすがに二夜連続では開かれないだろうな…）
翌日の自室で浸る一種の寂寥《せきりょう》感も　悪くなかった
カーテン越しに射し込む鮮やかな西日を浴びていれば
窓際の風鈴とともに夜更けを愉しませた黄色い会話に代わり
サークルが芝生の上で奏でるブルーグラスの
田舎らしいサウンドと陽気なヴォーカルが耳に入る

来月はまた例年通り　ラジオから
応援のトランペットをバックにした実況放送が
白球を勢いよく打ち返す金属音を時折交えて流れるだろう
平和を祈る鐘の音《ね》も各地で響けば　日没辺りからは盆唄だって
何処からともなく聞こえてくるのだ

♋

「乳牛ばっか相手にしてたら人間の雌には興味なくなるべや」
近隣の大学に通う幼馴染からの冷かしは軽く受け流す

学園にとってはとにかく忙しい時季だ
ホルスタインにもいっそう頑張ってもらわねばならない
銘々が豊穣に感謝せねばならない
暑さが過ぎ去り食中毒の心配が和らいだことも励みとなって
収穫祭へ向けた作業にはますます精が出る

美味しく食すという行為は土への愛情表現——
自らの手で育んだ作物とともに味わう我が校特製の葡萄酒は
この舌を大人へと少し近づける
出来上がった饒舌《じょうぜつ》は　あれこれ語ってくれる

高校時代は上位の成績を修め　家事も介護も手際良くこなす上
アルバイトの稼ぎも家にちゃんと入れていた
だからこそ父親は　自慢の娘をあえて単身遠くへ遣った
本人の自立に配慮したのではなく
家族側に依存心が芽生えないよう計らったのだ

腹の底から「ご馳走様」と言えたのは　実に何ヶ月ぶりだろう
満腹感の残るうちにさっさと寝てしまおう　そして牛になろう

♍

際物の電飾は年末の商店街を目一杯に彩る
日が短くなればなる程　晴れていれば星は長く拝める
造作なく降り積もる雪は周辺の景観を広く一変させる

文系へ進んで勉強の大半を机上で済ますより
理系に入って実地で手に職を付けたかったので
この単科大を志望したというのは月並の動機だろうが
やはりそれだけではなかった

日の入りがまた徐々に先へ延びつつある頃
どうしても一緒に見たいと誘われる
開《ひら》けた向こうには　やや紫がかった白の覆い尽くす大地が
十七時台の寒空の下　際限なく広がっていた
地元出身の自分がさほど気に掛けていなかった景色は
彼女自身が思い描いていた最もこの地らしい風景だったのだ

運河の街でも時計台の都市でもなく　その更なる奥に位置する
さしての観光地でもないこの町を選んだ理由が
何となくわかる気がした

隣町で開催された祭典にて
数々の美しい氷雪像を堪能してから数日後
高価なチョコレートにも勝る贈り物として
別世界の静寂を有難く受け取る影が　その夕刻にはあった
庭に溢れる芳香に　二年目は酔えるだろうか

おねぎ

まさかこんな形でこの腕から去ろうとは
出逢った頃には想像もしなかった
ま、お前が望むなら仕方がない

煙たいかも知らんが　心に留めておけ
反駁者は　理解者の数に反比例して減るもんじゃない
むしろ　比例して増えるもんだ

市井を行き交う群生は　敵も味方も名乗る段階にない白い花だ
深く知る程に　晴れた青空の色に変わるとは限らん
化学反応を起こし　血色《ちいろ》に染まる奴だって多くいる

だからな、この道を進むと決めた以上、過去は売物にするな
母ちゃんの胎をおん出る前から正真正銘の男児だったが、
何《なん》か文句あっか？　——主張する面構えを保て

女として見たのは昨日までだ
生き難きを人知れず生き抜いてきたお前を
盟友《ダチ》として誇りに思う

だが、憶えといてほしい
お前が選んだのは　更なる茨《いばら》の道だ
泣き言を零したくなる時だって　必然的に増すはずだ

そうなったら　迷わず俺の処へ来い
この胸を今まで以上に　涙と洟で汚してくれて構わん
その代わり　愛しい女性の目にそんな面を晒すことは許さんぞ

お前は俺の見込んだ男だから
無情の潮流へも潔く飛び込んでいけるだろう
野郎同士の馴合いなど絵にならんから　暫し身を引こう

少し古臭いこの俺に綽名《あだな》を付けるなら
鍋物とは切っても切り離せない
青白くちょいと辛味のある名で呼ぶといい

花より錠剤《クスリ》

花束《ブーケ》を贈るより悦ばれるよ　どうせ同じ匂いだし…
お気に召さぬなら譲渡もご自由
植物の名で取引されるあたいらは
アンタ方を至福の一時へ誘《いざな》うために製造《つく》られた

場所は取らない　何処にでも隠しておける
枯れたりしない　何時までも取っておける

火照った身体で躊躇《ためら》わず　あたいの領域《テリトリー》へ飛び込んでおいで
一糸纏わぬ素肌を艶めかせ　あたいの色に染まってごらん
昼間の煩いも忘却させてあげる　汗も涙も溶かしてあげる
果てそうな位に　熱くおなり　濡れておしまい

枕の上で見るはずの夢　泡に塗れて見尽くしてしまえば
あとは深い安眠《ねむり》を約束するだけ　あたいの名前は入浴剤

ウリタ・コモ

広き宙《そら》より降り注ぐ　星屑数えて夢の国
眠れる花を月は照らし　恵む白きは冬の雪

深き潮《うしお》に揺蕩《たゆた》いて　寝言を零す蛸入道
「焼かれとうない」耳貸さず　真《まこと》の針は時刻む

喇叭《らっぱ》の声に応《こた》えんと　高きに躍る白玉が
陽を浴び砂に落つるまで　影追う若きは夏の青

師走の暦は斯く語れり　舌に蕩ける円《まろ》き塩
忠《まごころ》尽せし武士《もののふ》の　流す涙の味なりと

古《いにしえ》の代《よ》の港より　風が運ぶは西洋《にし》の薫り
頼もしき靴の紐結わえ　鎮まりし朝の地を踏みて

遙かなる甘藍《キャベツ》畑より　柔き鞄に寝かせつつ
愛《かな》しき君を咥え翔び　吾等へ賜う嘴よ

I Have A Dream

舞えるといいな　虞美人《ぐびじん》を

踊りたいな　オデットを

なれるといいな　横綱に

演じたいな　弁天小僧

叶うといいな　移民街《ハーレム》に眠る子らの夢

著者プロフィール

壱舎 李児（いちや りある）

1979年、北海道生まれ。
創作のヒントとなるのは、クイズ番組や昔遊んだテレビゲームなど。
〈著書〉
『禁じられた遊び、命ぜられた戯《おど》け』（2012年４月、文芸社刊）

横たはれる者

2014年５月15日　初版第１刷発行

著　者　壱舎 李児
発行者　瓜谷 綱延
発行所　株式会社文芸社
〒160-0022　東京都新宿区新宿1－10－1
電話　03-5369-3060（編集）
03-5369-2299（販売）

印刷所　神谷印刷株式会社

ISBN978-4-286-14982-0